AF578268

Théodore

R.J.P. Toreille

Théodore

Roman

LE LYS BLEU
ÉDITIONS

ISBN : 979-10-377-2706-0

Chapitre 1
Une belle rencontre

Notre histoire commence dans un magnifique royaume, à l'intérieur d'un pays très lointain, dans un magnifique village situé au-delà des montagnes enneigées, peuplées de joie et de magie.

Dans le village près d'un magnifique château, tout était féerique.

Les habitants faisaient leur travail habituel, près d'un petit ruisseau, avec non loin une cascade où des poissons nageaient au fond du ruisseau.

Un jeune homme de 17 ans s'y approcha et s'assit doucement près de la cascade.

Ce jeune homme s'appelait Théodore, d'une grande beauté physique, il était magnifique au regard des habitants qui l'observaient.

Il avait les cheveux courts, bruns, les yeux marron, avec un sourire d'un éclat d'étoiles.

— Je pense à l'amour, mais j'ai peur de le trouver, raconte Théodore.

Il avait peur de ne pas trouver l'amour véritable envers quelqu'un qui correspond à son cœur.

Il avait un panier à la main, sans y penser, il le posa doucement sur le bord du ruisseau.

Il se mit à chanter et cette chanson attira des oiseaux jaunes.

Alors, arrêtant sa chanson, il leur dit :

— Vous êtes de magnifiques animaux

Les oiseaux émirent un son très aigu et Théodore plongea sa main dans l'eau de la cascade et se mit de nouveau à chanter. Quand les habitants du village entendirent sa voix, ils étaient curieux, ils se demandaient d'où elle venait précisément, alors, ils cherchaient, et s'aperçurent qu'il s'agissait de Théodore.

— Il a une magnifique voix, ce jeune garçon, explique une femme à son mari.

— Je suis d'accord avec toi, ma chérie, mais si jeune, il peut continuer ses chansons quand il voudra, répond-il.

Une autre femme s'approcha de l'homme et sa femme et dit avec une bonne humeur aux lèvres :

— Il a effectivement un talent grandiose, comme si une fée était présente auprès de lui, mais je ne sais pas, raconte cette femme au couple.

Sans continuer la conversation, ils regardent Théodore chanter, les habitants s'approchent de lui et raisonnent une voix symphonique.

Sans se préoccuper des habitants, Théodore continua avec son magnifique chant.

Quelques minutes suivirent, tout le monde arrêta de chanter.

Au moment où Théodore leva sa tête vers les habitants du village, il vit les personnes avaient repris leur travail, comme si rien ne s'était passé.

— Je ferai mieux de rentrer au plus vite, le jour se termine déjà, explique-t-il aux oiseaux jaunes en regardant le soleil se coucher.

Alors, il se leva tranquillement et prit le panier plein d'aliments dans les mains.

Vêtu, de vêtement marron et d'un foulard rose autour du cou, il marcha vers la maison où il vit avec ses heureux parents en traversant le village.

Suivi des oiseaux jaunes, il leur dit avec joie :

— Je dois rentrer, au plus vite !

Alors Théodore courut le plus vite possible dans ce crépuscule.

Les oiseaux jaunes volaient à une vitesse folle, pour suivre Théodore, et certains décidèrent de se poser sur ses épaules.

Mais un moment, il était si essoufflé qu'il prit une pause pour retrouver sa respiration devant une auberge où les gens faisaient la fête.

— Ce bruit me dérange, je vais m'éloigner, s'agace le jeune homme.

Alors, il s'éloigna de l'auberge et s'approcha d'une maison où il prit son souffle paisiblement.

— Je suis épuisé ! OUF, dit Théodore essoufflé.

Il regarda les oiseaux jaunes avec son sourire, il décida de vouloir prendre son temps, pour rentrer à la maison.

— Je prendrai mon temps, je ne suis pas pressé après tout, explique-t-il.

Alors, en marchant, il trouva des fleurs extrêmement rares dans un champ. Incrédule, il s'approcha de ces fleurs.

— Mais qu'est-ce que cela ? se questionna-t-il.

Les trouvant magnifiques, il en cueillit et s'agenouilla paisiblement avec joie.

Ayant cueilli plusieurs fleurs rares, il vit une belle rose au sol près de la route et son regard était pointé sur cette rose.

— Magnifique ! hurle-t-il.

Il se précipita vers la rose et la cueillit délicatement.

Soudain, un chariot passa trop près de lui et il y cria :

— Fait attention andouille !

Obnubilé par les fleurs, il n'avait pas vu la nuit tomber. Alors il reprit la route vers la maison où il vivait.

— Il faut que je me dépêche, je n'ai plus trop le temps maintenant, maman et papa ne vont pas accepter que je rentre en pleine nuit ! s'exprime Théodore.

Selon lui, le meilleur moyen d'atteindre la maison plus rapidement, c'est de courir le plus vite possible.

— Je dois courir maintenant, je n'ai plus le choix !

Il se mit alors à courir avec les oiseaux, qui battaient leurs ailes.

À la maison des parents de Théodore, il y avait un jeune homme qui était un prince, il se nommait Nicolas.

Il était vêtu d'un tee-shirt sans manche rouge, d'une cape bleu ciel, aux cheveux noirs et les yeux marron noisette.

Il discutait avec le père de Théodore, qui était maréchal-ferrant.

— J'en aurai pour combien pour changer les quatre fers à cheval ? demande le jeune prince.

— Normalement 10 Raffy, répondit le père de Théodore.

De la maison sortit une femme, c'était la mère de Théodore, elle était sortie pour récupérer le linge étendu à l'extérieur.

— Bonjour, dit la femme.

Le prince Nicolas lui répondit en payant le père de Théodore.

Après l'avoir payé, il prépara un cheval noir, et y monta en tenant les rênes fermement, puis il dit :

— Je vais le récupérer quand le cheval blanc ?

— Demain dans la matinée il sera prêt majesté.

— Merci, au revoir ! remercia le prince Nicolas.

Ensuite, au moment où il allait partir, Théodore arriva à toute vitesse. C'est dans son souffle, le panier à la main, qu'il dit à ses parents sous les yeux du prince :

— Désolé pour mon retard, je n'ai pas vu le temps passer.

Les parents de Théodore acceptèrent l'excuse et le jeune homme donna le bouquet de fleurs à sa mère.

— Merci, mon enfant, je suis ravie, dit-elle.

Théodore, ne regarda pas le prince Nicolas, et posa la rose discrètement sur son cheval blanc sans que le prince s'en aperçoive.

— Tu es Théodore, je présume ? demande le prince.

Théodore regarda le prince et lui répondit brièvement :

— Oui, c'est bien moi.

— Je suis ravi de te rencontrer, mais maintenant, je dois y aller, à demain surtout à toi, mon petit Théodore.

— À demain, dit le père de Théodore.

Le prince galopa de vive allure et Théodore le regarda avec un grand sourire non forcé.

— Au revoir et à bientôt.

— Au moins, le prince Nicolas reviendra demain, j'aurai du travail, tu m'aideras, Théodore ? demande le père du jeune homme.

— C'est le prince Nicolas, je m'en suis douté !

La femme s'approcha de son fils et lui expliqua qu'il faut qu'il redescende sur terre et qu'il doit aider son père tout à l'heure.

— Oui, j'ai entendu, répond-il.

Théodore tourna son regard vers ses parents, et les regarda rentrer. Il les suivit en pensant au prince Nicolas.

Chapitre 2
Dans les jardins

Théodore rentra dans la maison avec ses parents. Il avait remarqué quelque chose d'étrange en lui, mais quoi ?

Théodore pensait que l'amour frappait dans son cœur et il était très heureux. La mère que jeune garçon de 17 ans lui demanda :

— Qui y a-t-il ?

— Non, rien, j'étais dans mes pensées maman, mais je vais très bien, répondit Théodore dans son plus beau sourire d'étoiles.

Sans s'inquiéter, la mère de Théodore s'approcha doucement de la cuisine, pendant que son père, lui, alluma la cheminée.

— Théodore, il faudra que tu m'aides au remontage des fers à cheval du prince ! explique-t-il.

Théodore pensait tellement au prince, qu'il commença à tomber amoureux de lui, et répondit à son père en chuchotant :

— Oui, bien sûr, fit Théodore à voix très basse.

— J'ai pas entendu ! s'exprime le père de Théodore.

— Oui, je t'aiderai sans problème, répète le jeune homme.

Quelques minutes plus tard, la nuit tomba sur le royaume, ils étaient réunis autour d'une table ronde avec la langue de bœuf qui était posée dessus.

La mère de Théodore se leva doucement, et servit son mari en premier, puis son fils.

Théodore goûta la langue de bœuf et expliqua :

— J'adore la langue de bœuf maman, je suis heureux que tu m'aies fait plaisir.

— Je suis heureuse que ça te plaise tant, mon garçon.

— C'est moi qui ai eu l'idée de la langue de bœuf, dit le père du jeune homme.

Théodore se leva, s'approcha de son père et l'embrassa plein de joie en lui disant :

— Je t'aime papa !

— Moi aussi je t'aime mon fils, dit-il en embrassant son fils unique.

Après avoir fini ce bon repas, Théodore se réfugia dans sa chambre à coucher avec une lampe. Il s'allongea sur son lit en regardant par la fenêtre, la nuit brillait avec la lune blanche qui éclairait ce noir de nuit.

Avant de s'endormir, il retourna rejoindre son père afin de l'aider sur le montage des fers à cheval du prince Nicolas.

— Tu avais besoin de moi, je viens t'aider, dit-il.

— Bien, maintenant allons faire le travail.

Ils sortent de la maison rejoindre la grange sous les yeux de la femme.

Dans la grange, ils se mettent au travail.

Fatigué, Théodore expliqua :

— Faudra faire vite, car la nuit je dors.

— C'est le métier de forgeron, explique le père de Théodore.

Après quelques heures de travail, Théodore voulait dormir, mais son père lui explique :

— Tu peux dormir, je terminerai le travail seul.

— Sûr de toi ?

— Mais oui, ne t'inquiète pas pour moi.

Théodore quitta la grange, rejoignit sa chambre et s'allongea avec les fenêtres ouvertes sous les bruits du marteau qui frappe le fer.

Des oiseaux, des écureuils et des lapins rentrèrent dans la chambre de Théodore, et le virent dormir. Ils décident alors de le couvrir avec une couverture et de dormir à ses côtés pendant qu'un oiseau éteignit la lumière.

Le lendemain matin, Théodore se leva, sortit de sa chambre et retrouva sa mère.

— Bonjour, maman.

— Bonjour, tu as bien dormi ?

— Une merveille.

Théodore s'assit sur une chaise en bois face aux aliments qu'avait préparés sa mère.

Il regarda de droite à gauche et demanda rapidement :

— Où est papa ?

— Il a bientôt terminé le travail sur les fers à cheval du prince.

Sans s'inquiéter, il but son chocolat chaud, quand, soudainement, un bruit se fit entendre, mais quoi ?

La porte s'ouvrit et le père de Théodore arriva très fatigué.

Il ferma la porte et s'assit sur un fauteuil en cuir marron.

— Tu as travaillé toute la nuit, reposes toi maintenant, dit la mère de Théodore à son mari.

— Je vais dormir un peu et la fatigue passera, répondit-il.

Théodore posa son bol de chocolat et se leva doucement avec un sourire.

Il décida de sortir prendre l'air.

— Je sors, je reviens avant midi maman, explique Théodore avec son sourire d'étoiles.

Théodore sortit de la maison quand sa mère l'interpella :

— Rentre le plus tôt possible faudra couper du bois.

— Très bien, je rentrerai plus tôt alors.

Théodore embrassa sa mère et parti en marchant dans ce temps ensoleillé, le soleil brillait de beau matin.

Les oiseaux l'accompagnaient en sifflant autour de lui.

Les écureuils et les lapins, attirés par la beauté de Théodore, le suivaient aussi.

— Vous revoilà, saute de joie Théodore.

Les oiseaux se posaient sur les épaules de Théodore, tandis que les lapins et les écureuils lui collaient au pied.

Il marcha tranquillement en chantant une très belle chanson, mais sans s'en rendre compte, il arriva dans un immense jardin fleuri de roses rouges et dit :

— Magnifique paysage ! s'exprime-t-il.

Il s'avança avec un immense sourire aux lèvres et il décida alors de s'asseoir au milieu de la végétation.

Il rechanta sa magnifique chanson de plein cœur et regarda le ciel.

Peu de temps après, le prince Nicolas arriva dans la maison des parents de Théodore, il était presque midi.

Sur le cheval noir, qui lui avait été prêté, il trotte dans un silence en s'approchant de la maison.

Face à la maison, le père de Théodore sortit et accueil le prince.

— Vous voilà, votre cheval est prêt, j'y ai passé toute la nuit avec mon fils.

— Excellent, mon cher, je vous remercie de votre aide, répondit le prince Nicolas.

Ils partent ensemble, jusqu'à la grange et le prince retrouva son cheval blanc, qu'il le caressa tendrement avec amour pour son animal qu'il aime tant.

En discutant, quand soudainement, la mère de Théodore arriva dans la grange avec une aire inquiète et explique :

— Théodore, il n'est pas encore rentré, il devait t'aider à couper du bois ! s'inquiète-t-elle.

— Il ne doit pas être loin, répond son mari.

Le prince restant à l'écart, des affaires de famille.

— Je dois partir, je vous remercie une dernière fois, dit le prince Nicolas.

Il monta sur son cheval blanc, et quitta la propriété.

Les parents de Théodore le regardent partir et la femme dit :

— Pourvu que Théodore revienne vite ! s'attriste la femme.

— Il reviendra un peu de patient.

— Ho toi, la patience tu connais, mais tu te préoccupes pas des affaires de ton fils ! s'énerve-t-elle.

Sans dire un seul mot, l'homme rentra dans la maison, suivit par sa femme.

Plus loin, le prince Nicolas trotta doucement rejoindre le château où il vit, en tenant fermement les rênes.

Il prit exactement la même direction que Théodore.

Mais durant son trajet, il découvre de magnifiques roses rouges qui l'entourent, et une autre sur son cheval, bien accroché.

— J'ai dû me tromper, je ne connais pas ce chemin, et qui a mis une rose sur mon cheval blanc ? se questionne le prince Nicolas.

Sans se questionner, il continua son chemin, quand soudainement, il rejoint, un grand jardin fleurit.

Il dit alors :

— C'est magnifique, s'émerveille-t-il.

Mais au loin, il est attiré par une tâche marron, avec du rose sur fond vert.

Il descendit de son cheval et s'approcha doucement de cette chose qui l'attire.

En s'approchant de plus en plus, il pense voir un être humain allongé au sol.

C'était Théodore, il dormait au sol en souriant joyeusement, le prince Nicolas tomba sur le charme du jeune homme.

— Il est beau, je crois que je suis amoureux, explique-t-il.

Ses yeux brillaient devant Théodore, son amour était trop important qu'il voulait lui annoncer.

Le prince Nicolas se mit à genoux, et posa ses mains gantées sur Théodore, et le jeune homme remua lentement.

Il allait se réveiller, il ouvrit ses yeux et regarda le prince Nicolas qui commença à paniquer.

— Mais que fais-tu ici ? demande Théodore, d'un air paniqué.

— J'étais de passage, répond-il.

— Tu es là depuis longtemps ?

— Depuis vingt minutes environ.

Théodore se leva, mais il ait aidé par le prince Nicolas.

Les oiseaux volent autour d'eux et les animaux les collent aux pieds et Nicolas proposa à Théodore :

— Viens dans mon château, j'ai quelque chose à te montrer, propose-t-il.

— Mais avec joie, j'accepte votre proposition, répond Théodore.

Le prince Nicolas et Théodore cachent leurs sentiments l'un pour l'autre en dissimulant leur véritable amour.

Ils s'avancent vers le cheval blanc, le prince Nicolas porte Théodore et le fait asseoir sur le cheval.

Mais Nicolas soupçonne Théodore d'avoir mis une rose sur son cheval, mais ne lui dit rien et reste silencieux sur cette question.

Le jeune prince monta par-derrière, et ils trottent vers un gigantesque château, teinté de couleur crème et blanc cassé, suivi par les oiseaux et les animaux.

Chapitre 3
Madame Drugos

Dans ce long chemin, ils continuèrent vers le château du prince Nicolas.

Le cheval trotte et Théodore sourit de joie mais il se souvint de quelque chose et s'inquiète brusquement quand Nicolas lui dit :

— Qu'as-tu donc ? s'inquiète le jeune prince.

— Je devais rentrer, maman me là demandée, pour que j'aide mon père, panique Théodore.

Le prince Nicolas le rassura et se mit même à lui mentir :

— Ne t'inquiète pas pour cela, je leur ai expliqué, ment le prince.

Quelques minutes plus tard, ils arrivent devant la grande porte d'entrée du château royal.

Nicolas descendit de son cheval et aida Théodore à y descendre.

— Sois le bienvenu, mon cher ami, dit le prince Nicolas en l'accueillant.

Deux soldats y étaient présents devant la grande porte d'entrée, et l'un d'eux demande :

— Bonjour votre majesté, avez-vous fait bon voyage ?

— Une merveille, pouvez-vous ramener mon cheval aux écuries ?

Un soldat s'approcha du cheval, prit les rênes et l'emmena dans les écuries.

— Bien sûr majesté, nous l'emmenons tout de suite, répond le soldat.

Pendant qu'il apportait le cheval, le prince Nicolas ouvrit les portes du château, mais Théodore resta à l'écart.

— Ne sois pas timide, entre mon cher, tu es le bienvenu, raconte Nicolas.

— Je vous remercie, de votre accueil, répondit Théodore.

Théodore regarde les animaux et les oiseaux qui étaient présents avec lui, puis il regarda le prince, et n'ose pas lui avouer ses propres sentiments et il rejoint le jeune prince et ensemble, ils rentrent dans le gigantesque château.

Et Théodore était ébloui, il n'a jamais vu un château aussi merveilleux.

Alors en souriant, il dit à voix basse :

— Que c'est merveilleux ici !

— Merci, je savais que ça te plairait, répondit le prince Nicolas.

Théodore s'approcha du prince et lui demande :

— J'ai hâte de découvrir le château dans son moindre détail, Nicolas, euh majesté pardon, demande et s'excuse Théodore.

Le prince lui fit comprendre qu'il n'a pas à s'excuser, et lui explique :

— Tu peux m'appeler Nicolas, explique-t-il.

En marchant dans la cour du palais, ils rejoignent la grande salle du trône, mais en rentrant, la salle était décorée d'un blanc crème éclatant.

Il regarda un peu plus loin, il voit une femme de 55 ans, avec les cheveux gris attachés par un ruban vert, des bijoux blancs, et une robe ferme et strict vert.

Cette femme s'appeler Madame Drugos, elle était la gouvernante et son rôle est de gérer les domestiques du château.

Son regard glacé attire notre héros de 17 ans.

Avec ses yeux verts, Madame Drugos aperçut Théodore et s'avança lentement et sérieusement.

Nicolas raconte :

— Je te présente Madame Drugos, la gouvernante du château.

— Enchanté, dit de joie Théodore.

Madame Drugos se montre particulièrement sérieuse, avec un regard méprisant, et demande :

— Quel est votre prénom ?

— Théodore madame, répondit Théodore ;

— Théodore, quel nom immonde !

Théodore lui expliqua que son nom lui va très bien, et Madame Drugos recula lentement et quitta la salle du trône énervée.

Nicolas et Théodore remarquent le mal-être de la gouvernante et notre héros dit :

— J'ai dit quelque chose qu'il fallait pas ?

— Non, je pense pas, répondit le prince Nicolas.

Le prince Nicolas sans se préoccuper d'elle, décide de faire visiter le château à Théodore.

— Viens, je vais te faire visiter.

— Avec plaisir, répondit Théodore.

Dans les couloirs, Madame Drugos marche à vive allure au milieu des tableaux qui décorent.

— Pourquoi, il est ici celui-là ! Je le hais !

Elle arriva dans une grande pièce qui était la salle des domestiques.

Elle sentit en elle une méchanceté contre Théodore et souhaitait savoir quel lien l'unissait avec le prince Nicolas.

Elle s'assit sur une chaise, sous les bruits des domestiques, quant à moment, deux hommes vêtus de noir arrivent et s'approchent d'elle.

— Qu'avez-vous, madame ?

— Je veux que vous surveilliez Théodore et savoir quel lien l'uni avec le prince ! Ordonne Madame Drugos.

— Pourquoi, qui est là ? demande un acolyte de la méchante femme.

— Théodore est dans le château, c'est le prince Nicolas qui l'a fait venir. Maintenant, je veux que vous le suiviez partout où il va ! décrète méchamment Madame Drugos.

Les deux acolytes obéissent l'ordre de la gouvernante et partent surveiller Théodore.

De retour dans les couloirs, le prince Nicolas et Théodore sortent d'une pièce.

— C'est ma chambre ? demande le jeune homme.

— Oui, c'est la tienne maintenant, répond-il.

Ils marchent ensemble et le prince Nicolas explique :

— Tu n'as pas encore vu le parc.

Théodore heureux a hâte de découvrir le parc du château.

Ils marchent en silence et arrivent devant la porte du parc du château, Nicolas sorti un foulard noir et bande les yeux de Théodore.

— Pourquoi me bandes-tu les yeux ?

— Ah surprise ! explique-t-il de joie.

Après lui avoir bandé les yeux, il ouvre la porte qui mène au parc et Nicolas avança avec Théodore au milieu du jardin.

— Tu es prêt ?

— Oui, je suis prêt.

Nicolas enlève le foulard noir et Théodore ouvra ses yeux et découvre un parc paradisiaque avec une cascade d'eau et des fleurs qui ornèrent chaque coin du parc.

Théodore s'avance vers la cascade d'eau et regarde son reflet dans l'eau.

— C'est magnifique, je n'ai jamais vu de tel, depuis des années.

— Je savais que ça te plairait, tu pourras venir ici quand tu le souhaiteras, raconte Nicolas.

Nicolas s'approcha de Théodore et lui confia une surprise :

— Je vais organiser un bal, ce soir, j'ai demandé à un domestique de te donner une tenue de bal que tu trouveras dans l'armoire blanc, et aussi, je t'ai réservé une surprise.

— C'est quoi la surprise ? demande Théodore.

Le prince Nicolas garda le silence et lui affirma qu'une surprise est une surprise.

Théodore y était impatient de la découvrir.

— Je vais me préparer pour le bal de ce soir.

Et il part dans sa chambre se préparer pour la fête.

De son côté, Nicolas rentra dans le château et rejoint la salle des domestiques.

Arrivé, il décrète :

— Nous organiserons un bal ce soir, il faut que vous vous prépariez, ainsi d'être avec une tenue impeccable pour que vous poussiez vous amusez, et aussi envoyer les invitations au peuple du royaume.

Les domestiques exécutent l'ordre du prince et préparent tout pour le bal de ce soir.

Chapitre 4
Une merveilleuse surprise

Le soir arriva sur le château et le royaume.

Dans la chambre, Théodore se prépara pour le grand bal.

Il se regarde dans un miroir et se coiffe délicatement.

Après, il se lève et s'approche d'une armoire blanche, en disant :

— Il m'a dit que j'avais une tenue de bal.

Devant l'armoire, il ouvrit et aperçut une tenue bleu marine qui brillait.

— Mon dieu elle est magnifique ! Comment il sait que le bleu est ma couleur préférée ? se demanda-t-il.

Il entendit, un bruit par la fenêtre et vois les animaux et les oiseaux devant sa fenêtre, alors Théodore posa doucement sa tenue bleue sur la chaise et s'approche de la fenêtre, et ouvrit la fenêtre.

— Vous allez bien ? demande-t-il.

Il prit un écureuil dans sa main et le caressa avec ses douces mains.

Il posa l'écureuil et dit :

— Je vais me changer.

Il se mit à chanter dans ce crépuscule et se mit derrière un paravent.

Théodore retire son foulard rose du cou, et se déshabille.

Les oiseaux et les animaux habillent Théodore.

Mais dans la salle du trône, les invités y étaient présents.

Il y avait, un roi et une reine assis sur leur trône, les invités saluent le roi et la reine, ils étaient venus pour l'occasion.

Le prince Nicolas au côté de sa mère attendait une seule chose, c'est que Théodore arrive plus vite que prévu.

— Maman, je voudrais te présenter Théodore, mais, je ne le vois pas, il est en retard.

— Il va arriver Nicolas, un peu de patience, répondit sa mère la reine.

Nicolas quitta la salle du trône le retrouver.

Dans cette nuit dans les couloirs, Théodore marcha seul devant les gardes royaux dans sa tenue bleu marine.

Sans dire un mot, il rejoint la salle du trône et semble être perdu.

Quand un moment il fut repéré par le prince Nicolas, le jeune prince s'approcha de lui et lui prit sa main.

Théodore et Nicolas se saluent et ensemble, ils rejoignent la salle du trône.

Arrivé, Nicolas fit présenter ses parents à Théodore.

— Mon père et ma mère, le roi et la reine.

— Vos Majestés, salua Théodore.

— Nous sommes ravis de te connaître, Théodore, raconte le roi.

Le roi et la reine remarquèrent qu'ils sont amoureux l'un de l'autre et se le cachent.

Nicolas et Théodore se mettent au milieu de la salle et ils y dansent, sous le bruit des musiciens qui jouent de leurs instruments.

Mais un homme et une femme dans la foule avaient un regarde sur Théodore ;

— Mais, je le connais lui ? dit l'homme.

— Tu dois confondre avec… Mais attend voir, je le connais aussi, mais où ? répondit la femme.

Théodore et Nicolas s'éloignent et marchent dans les couloirs, pour rejoindre le parc du château.

Théodore et Nicolas chantent ensemble dans le bonheur, et ensuite, ils s'approchent vers la fameuse cascade d'eau, et Nicolas lui explique en avouant :

— Théodore, je t'aime et tu es l'homme de ma vie, avoue-t-il.

— Moi, aussi, je t'aime Nicolas, je serai ravi de partager ma vie avec toi, explique Théodore.

Mais ils étaient espionnés par un acolyte de Madame Drugos et s'en allèrent rejoindre la méchante femme.

Le prince Nicolas, lui dit ensuite :

— Maintenant, j'ai ta surprise.

— Enfin, je l'attends depuis le début ! s'exprime Théodore.

Ils regagnent la salle du trône, et en arrivant, ils sont accueillis par les invités.

— C'est ça ma surprise ? se questionne Théodore.

— Non mais sans eux on aurait pas pu faire la fête.

Théodore ne comprend pas mais un homme et une femme qui pensent l'avoir reconnu s'avancent et Théodore les reconnut.

— Maman ! Papa ! vous êtes là ! hurla Théodore.

Le jeune garçon court vers ses parents, ils étaient tous heureux.

— Je suis fier de toi, mon cœur, s'émerveille le père de Théodore.

— Moi aussi, je suis contente de ce que tu es devenu, explique la mère de Théodore.

Madame Drugos qui était présente depuis le début du bal est rejointe par un de ses acolytes qui lui expliquent tout au détail près.

Elle poussa un soupir et quitta la salle du trône avec une haine qui se voit dans ses yeux verts.

Pendant que tout le monde fêtait les retrouvailles, Madame Drugos était dans les couloirs du palais.

— Que faisons-nous maintenant ? demande un acolyte.

— Nous partons, je vais tout faire pour le chasser de ce château ! s'exprime la méchante femme.

Madame Drugos partit dans sa chambre réfléchir avec ses deux acolytes afin de trouver une solution pour se débarrasser de Théodore, pour sauver le royaume.

Retour dans la salle du trône, après s'être retrouvés, le roi et la reine du château s'avancent et expliquent :

— Nous savons que vous vous aimez, et nous acceptons que vous dirigiez ce royaume après nous.

— Merci, maman et papa, je vous aime aussi, répondit le prince Nicolas.

Tous heureux, ils célèbrent cette fête avec tout le monde en joie et bonheur.

Mais Madame Drugos dans sa chambre, entendit l'explosion de joie, elle était furieuse.

Devant sa fenêtre, le bruit l'empêche de réfléchir.

— Ils devraient se taire, au moins une seconde !

— Madame, nous avons une idée, pour nous débarrasser de Théodore.

— Je vous écoute !

L'acolyte explique son idée, et Madame Drugos le trouve très intéressant.

Elle s'assit sur un fauteuil en cuir noir et regarda sa bibliothèque en pensant ferment avec une rage au plus profond-elle.

Mais un détail l'attire, c'était, une clé, mais elle sert à quoi ?

— Une clé, je pense avoir ma solution.

Les deux acolytes ne comprennent pas, et demandent :

— Lequel ?

Madame Drugos garda le secret jusqu'au bout, et reste silencieuse.

C'est dans cette nuit étoilée qu'elle se mit à rire cruellement avec ses acolytes.

Dans la salle du trône, tout le monde danse, mais quelque chose met à mal Théodore, qu'il fit un petit malaise.

— Qu'as-tu donc ? s'inquiète le prince Nicolas.

— Rien, c'est la fatigue, répondit le jeune homme.

Mais Théodore sentit que quelque chose se préparait, mais ne savait pas quand ça arrivera.

Après avoir repris son souffle, il s'assit sur une chaise en bois aux côtés de Nicolas, et il y pensa fermement.

Chapitre 5
Les fiançailles

Quelques jours suivent, le soleil d'été brillait sur le royaume et le château.

Ce matin-là, Théodore était positionné face à une fenêtre.

Il entendit, un étrange bruit qui l'attire.

Il tourna sa tête de droite, puis à gauche, afin de savoir où est ce fameux bruit.

Mais en regardant face à la fenêtre, il voit les animaux et les oiseaux qui frappent.

— Attendez, je vais vous ouvrir, dit Théodore.

Il ouvre la fenêtre et d'un seul coup, il chantonne d'une voix aiguë.

Après avoir terminé sa chanson, il regarda une dernière fois le paysage en caressant tendrement les animaux.

— Bien, on se retrouve tout à l'heure dans le parc du château.

Les animaux sourient et sortent, Théodore ferma la fenêtre, puis se leva doucement et marcha dans les couloirs, quand soudainement, un domestique l'interpelle :

— Bonjour, le prince Nicolas vous demande, il vous attend dans le parc du château.

— Pourquoi, veut-il me voir ? demande Théodore.

— Je l'ignore, mais il m'a dit que c'était important, répondit le domestique.

Théodore le remercia poliment et lui dit avec joie :

— Très, bien j'y vais maintenant.

— Attendez, une seconde, je voulais savoir quelle serviette, souhaiterez-vous avoir, pour le dîner de ce soir ? Blanc crème, ou blanc cristallisé ? demande-t-il.

Théodore s'approche du domestique et lui explique qu'il préfère blanc cristallisé, mais il dit avec plaisir :

— Blanc cristallisé, mais c'est préférable que ce soit jaune, comme je sais que vous aimez le jaune, alors voilà.

Ému, le domestique recula avec le sourire aux lèvres.

Théodore, le regarda partir, et marcha dans les couloirs rejoindre le parc du château.

Mais, il fut bloqué par un acolyte de Madame Drugos.

Théodore, ne comprend pas très bien, ils se regardent droit dans les yeux quant à moment, l'acolyte de la méchante femme raconte :

— Pars d'ici, immédiatement !

— Pas question, Nicolas m'aime et je le quitterais pas ! explique Théodore, très sérieux.

Théodore força le passage, et l'acolyte prit son bras.

— Quitte ce château, ce soir à minuit sinon, nous on le fera ! s'énerve-t-il.

— Lâche-moi espèce de psychopathe ! s'énerve Théodore.

L'acolyte fit un geste brusque, et Théodore, prit son point et frappa l'acolyte au visage, et il tomba au sol.

Souffrant, il saigna du nez, et Théodore explique :

— Je m'adapte à vous, alors, le sens contraire serait bien aussi !

Et il part en marchant vite rejoindre le parc du château.

Il respira un bon coup, et se calme.

Il se retrouve devant la porte qui mène au parc du palais, il ouvra la porte doucement, et retrouva le prince Nicolas assis, face à la cascade d'eau.

Intrigué, il se demande ce qu'il se passera.

— Nicolas, tu voulais me voir ?

Le jeune prince se retourna, et demande à Théodore, s'approcher de lui.

Notre héros lui obéit et se retrouve face au prince qui se lève.

— Quelques jours que tu es à mes côtés, c'est le moment de t'annoncer quelque chose d'important, raconte le prince Nicolas.

Il se mit à genoux, et sortit une boîte en cristal et dit :

— Veux-tu m'épouser ? annonce-t-il en ouvrant la boîte.

Cette boîte contient, une bague en argent avec un saphir bleu.

Dans l'émotion, Théodore dit :

— Mais, oui, je le veux, saute de joie notre héros de 17 ans.

Le jeune prince enfile la bague sur l'annulaire gauche de Théodore, notre héros avait les larmes aux yeux, l'émotion prend le dessus.

Théodore pensa maintenant, à une chose en tête, c'était de l'annoncer à ses parents et ses futurs beaux-parents.

— Il faut prévenir tout le monde maintenant et faire les préparatifs du mariage, explique Théodore.

— La cérémonie aura lieu ce soir, je vais demander aux domestiques de préparer tout ça.

Le prince prend Théodore dans ses bras, et il voit, un soldat dans le coin, qu'il lui demande :

— Convoquez tout le monde dans la salle du trône maintenant ! ordonne-t-il.

Le soldat, obéissant à l'ordre du jeune prince, part convoquer tout le monde dans la salle du trône.

— Il faut que je prévienne mes parents, ils sont repartis en voyage d'affaires, raconte le prince Nicolas.

— Moi aussi il faut que je prévienne les miens aussi, répondit Théodore.

Ils quittent alors, le parc du château, et arrivent dans la salle du trône.

Tout le monde était présent, même Madame Drugos.

Nicolas s'exprime ainsi :

— Bien, ce soir est un grand jour, j'ai demandé Théodore, de m'épouser, et le mariage aura lieu ce soir.

Émus aux larmes, tout le monde applaudissait le couple princier et les félicitait, sauf Madame Drugos et ses acolytes.

La méchante femme, quitta, fou de rage la grande salle pour se réfugier dans une autre pièce à l'abri des écoutes et des regards.

Elle était partie sous les yeux de Théodore qui l'avait vu partir, mais il était inquiet, il se demander si Madame Drugos, l'apprécie.

Alors sans se préoccuper il garda le sourire quoiqu'il arrive.

Théodore demanda alors :

— Il faut tout préparer, mais, je vais vous aider avec Nicolas, mais avant, nous allons envoyer une lettre à nos parents pour leur annoncer nos fiançailles.

Tout le monde part préparer le mariage et les invitations.

Théodore et Nicolas partent ensemble dans une chambre afin d'envoyer la lettre pour leurs parents afin de leur annoncer la bonne nouvelle.

Arrivés, ils s'assirent, et prirent, une feuille de papier et une plume, pour écrire leurs lettres.

— Je pense qu'ils seront heureux pour nous, dit Nicolas.

— Moi aussi, raconte Théodore.

Après quelques minutes, ils finissent leurs lettres et la rangent dans une enveloppe bleue.

— Je vais les envoyer maintenant et… dit le prince Nicolas.

Théodore, lui coupa la parole et lui explique :

— J'ai, une meilleure idée.

— Laquelle ?

Théodore s'approcha de la fenêtre et prit l'enveloppe de Nicolas.

Il ouvrit la fenêtre et les oiseaux qui l'accompagnaient arrivèrent.

— Envoyez cela à mes parents, et l'autre au roi et la reine du château.

Les oiseaux prirent, les enveloppes et la coincent dans leurs becs et volent à toute allure pour les envoyer.

— Ils vont les recevoir dans cinq minutes, explique le jeune homme.

— Tu en es sûr ?

— Mais oui, ne t'inquiète pas.

Mais Nicolas se souvint d'une chose, c'était la rose sur son cheval, alors, c'était le moment d'en parler.

— C'est toi qui as mis une rose sur mon cheval ?

Théodore avoua au prince Nicolas, et lui affirma que c'était bien lui, sous le sourire et le bonheur des deux hommes.

Sans continuer la conversation, ils partent alors aider les domestiques, préparer le mariage princier.

Chapitre 6
Le mauvais présage

Dans les couloirs du château, Madame Drugos, la méchante gouvernante ne cachait pas sa colère et sa haine, contre le futur mariage princier.

Sa méchanceté devient de plus en plus terrible dans ses yeux verts.

— Ils me paieront très cher de leurs vies ! s'agace la méchante gouvernante.

Accompagnée de ses deux acolytes, elle s'arrêta brusquement devant, un tableau représentant, la famille royale, du château.

Ses yeux observant attentivement la peinture.

— Je les hais tous et son horrible fiancé ! s'énerve-t-elle.

— Que faisons-nous maintenant ? demande un acolyte.

— Je n'en sais encore rien, mais je leur prépare une mauvaise surprise, répondit Madame Drugos.

Soudainement, les deux acolytes perdent leur sourire et réfléchissent pour aider la méchante femme.

Plein de questions et d'idées étaient dans leurs têtes.

— J'ai, une idée, et celle-là et la meilleure ! dit un acolyte.

— Je t'écoute, quelle est ton idée ? demande Madame Drugos.

L'acolyte lui explique alors son idée, et la méchante gouvernante, le trouva intéressant.

Mais quelle est cette idée ? En quoi elle consiste ? Et comment s'y prendre ?

Ensuite, ils partent alors, rejoindre une pièce privée, afin d'établir, le plan pour empêcher le mariage princier.

Madame Drugos n'avait qu'une obsession, c'était de vouloir empêcher le mariage entre le prince Nicolas et Théodore.

Plus tard, le soir arriva, le soleil allait bientôt se coucher, Théodore était dans sa chambre, en pensant à son avenir.

— Que se passera-t-il ensuite ? se dit-il.

Alors, avec la présence des animaux dans sa chambre, il décida de retirer son foulard rose autour du cou, et la posa sur une commode.

Mais autre chose, lui préoccupe son esprit, c'était Madame Drugos.

— Je me demande si cette femme m'apprécie au fond d'elle ? C'est une bonne question.

Soudainement, le prince Nicolas arriva dans la chambre de Théodore, très heureux et impatient pour l'événement.

Il sentait son futur mari inquiet.

Alors, il s'approche de lui et lui demande :

— Qu'as-tu donc ? s'inquiète le jeune prince.

— Rien, mais, il y a quelque chose, que je voudrais savoir, répondit Théodore.

Le prince s'assit sur le lit et pensa fort.

— Que ce que tu veux savoir ? Tu veux annuler le mariage ?

Théodore s'avança vers la vitre, accompagné des animaux et expliqua :

— Madame Drugos, elle ne doit pas m'apprécier, c'est comme si, elle veut empêcher notre mariage, explique le jeune homme de 17 ans.

Le prince Nicolas expliqua alors et lui racontant, une histoire sur Madame Drugos.

Alors Théodore regarda le prince, et s'assit à côté de lui. Il le regarda attentivement et attendit la réponse de Nicolas.

— Madame Drugos, qui est-elle en réalité ? demande Théodore.

— Elle travaille dans le château depuis plusieurs années, c'est une femme discrète, sérieuse, et autoritaire, elle se charge des domestiques du palais, mais en tout, cas elle n'empêchera pas notre mariage, raconte le prince Nicolas.

Notre jeune héros, sent, un mauvais présage, et s'attend un coup préparer par Madame Drugos et ses deux acolytes, mais c'était quoi ?

— Je sens qu'elle nous veut du mal, et j'en ai peur jusqu'au fond du cœur, explique Théodore.

Théodore souhaiterait savoir quelle idée Nicolas avait en tête si Madame Drugos voulait empêcher le mariage et nuire leur vie ensemble.

— Ne t'inquiète pas, si c'est le cas, j'ordonnerai aux soldats de renvoyer Madame Drugos.

Le prince Nicolas le regarda avec un petit sourire, et lui prend ses mains et dit :

— Nous vivrons heureux, même, s'il y a des obstacles face à nous ! explique le jeune prince.

— Tu as raison, maintenant, il faut que l'on pense au mariage ! dit, le jeune homme.

Nicolas voit, Théodore commence à s'inquiéter et qu'il regarde devant, lui et dit :

— Regarde-moi Théodore, regarde-moi dans les yeux.

Difficile pour Théodore de regarder Nicolas, il se força à le regarder quand Nicolas lui explique :

— Je suis heureux, que tu sois mon futur mari, et tu seras un merveilleux sou-roi à mes côtés, ensemble, et, notre amour, réussirons à gérer le royaume, et d'adopter des enfants, je t'aime Théodore.

— Merci, je suis fier d'être présent pour toi, alors moi aussi je t'aime, dit Théodore avec sourire.

Théodore se mit à sourire de joie, et décida, avec une bonne humeur d'appeler les domestiques pour se préparer pour le mariage.

Il se lève et tire une corde pour appeler, les domestiques, pendant que le prince Nicolas sourit, il était heureux de voir le sourire de son futur mari.

Pendant, que les domestiques arrivent dans la chambre, ils regardent par la fenêtre et voient les animaux regarder dehors ;

Théodore et Nicolas, ne comprennent pas, alors, ils se dirigent vers la fenêtre ensemble, et voient le soleil se coucher, et les invités rentrer dans le château pour assister au mariage, pour eux le moment était important et il était proche.

Les oiseaux se posent sur les épaules du prince, quand Théodore dit :

— Je crois qu'ils t'adorent.

— Je le pense fort aussi, mais j'aime les animaux, répondit le prince Nicolas.

Le prince, passa derrière son futur mari, et le serre fort dans ses bras.

C'était, une telle force qu'il avait, qu'il voulait poser ses lèvres sur celle de Théodore.

En oubliant Madame Drugos, et leur mauvais présage sur elle, les domestiques arrivèrent, et Théodore dit :

— Je dois me préparer pour le mariage, j'aurai besoin de votre aide.

— Bien sûr, raconte un domestique.

Un autre domestique regarde le prince Nicolas et lui demande de partir.

— Mais, je veux rester, dit-il.

— Désolé, mais vous n'avez pas le droit de voir le marié dans sa tenue avant la cérémonie, explique le domestique.

Le prince Nicolas comprend alors, le respect du mariage et quitta la chambre pour se préparer pour le futur mariage.

Il rejoint sa chambre afin de s'y préparer.

Pendant ce temps, Théodore essaya la tenue apportée par les domestiques afin de voir quel effet sur lui.

— J'aurai préféré bleu, dit-il avec amusement.

— Le blanc c'est primordial, mon cher, dit un domestique.

Quand soudainement, un autre domestique arriva dans la chambre avec une lettre bleue dans les mains et explique :

— Tenez, c'est pour vous.

— Qu'est-ce que c'est ? demande le jeune homme.

— Je ne sais pas, explique le domestique.

Théodore, ouvra l'enveloppe pendant il était coiffé et habillé.

Il lit la lettre, et raconte :

— On veut me voir dans les donjons ?

Alors, il décida d'y aller après mais, soudainement, après avoir terminé d'être coiffé et habillé, le père de Théodore arriva, avec un air de joie.

Théodore se retourna et s'approcha de son père :

— Tu es magnifique mon fils, je suis heureux, de ce que tu es devenu, je suis sûr que tu seras heureux avec le prince Nicolas.

— Merci, papa.

— Je t'attendrai devant la porte de la salle du trône, le père doit accompagner le marié, dit-il.

Théodore le remercia avec des larmes dans ses yeux, et le père de Théodore quitta la chambre.

Les domestiques quittent eux aussi la chambre, et les animaux sortent par une fenêtre ouverte, et Théodore décide par curiosité d'aller aux donjons.

Il se regarda encore une dernière fois dans le miroir, et quitta sa chambre.

Chapitre 7
La fée jaune

Dans ses pensées, Théodore ne s'attendait pas à ce qu'on lui remettre cette lettre, avec l'enveloppe bleue.

— On m'attend dans les donjons, mais pourquoi ? se dit-il avec inquiétude.

Pendant qu'il marche vers les donjons dans ce crépuscule, mais un détail l'intrigue, il regarda par la fenêtre, mais en regardant l'horizon, cette lettre l'inquiète fortement.

— Je sens quelque chose d'étrange, je le sens, raconte le jeune homme.

En oubliant cette idée méchante, il se mit à oublier ses problèmes et ses pensées en chantant joyeusement.

Le plaisir de la vie lui donnait chance et courage.

Mais avant d'aller dans les donjons, il fait un petit tour dans le parc du château.

En marchant doucement dans les couloirs du palais, il s'arrêta devant une grande fenêtre et observa le paysage magique des jardins du château du prince Nicolas.

— Je suis heureux d'être ici, se dit-il.

Ensuite, il continua à marcher doucement dans les couloirs du palais royal, en étant toujours joyaux.

Il arriva devant une grande porte, les poussa et vit le paradis, du jardin qu'il aime tant au plus profond de son cœur.

— C'est magnifique, que cette vue m'apporte chance, joie et bonheur dans ma vie, s'émerveilla-t-il.

Pendant, que les animaux le rejoignent, il s'approcha des fleurs éternelles disposées autour de lui.

Mais soudainement, il vit des étoiles tourner autour de lui, mais ne le comprit pas.

Alors, il dit :

— Mais ce que c'est que cela ?

Les animaux étaient aussi surpris que lui, et les étoiles se rassemblent.

Tant de questions étaient posées sur Théodore.

Une silhouette se forma devant lui et une femme splendide vêtue de jaune, avec des ailes apparues devant lui, dans les jardins du château.

— Qui êtes-vous ? demande Théodore.

— Je suis la fée jaune, je suis là pour veiller sur toi, car, tu sens une inquiétude en toi, sur un sujet qui te gêne, répondit la fée jaune.

Le jeune homme ne s'attendait pas à voir une fée devant lui, et pensa que cette fée pouvait lui apporter des réponses à ses questions, qui le gênent depuis qu'il est rentré dans le château du prince Nicolas.

— Je voudrais justement savoir, qui est réellement Madame Drugos, car je dois la gêner depuis que je suis -là ?

— Cher Théodore, je préfère te mettre en garde, un événement dramatique va se produire, et ça te concerne, tu risques d'avoir des problèmes avec Madame Drugos.

— Quel genre de problème ? Et comment connaissez-vous mon nom ? demande le jeune homme.

La fée s'assit sur un rocher, sous les yeux de Théodore et regarda son reflet dans la cascade d'eau et elle lui répondit :

— Je veille sur toi depuis de nombreuses années, je suis un peu comme un ange gardien, et quant à Madame Drugos, je vais t'en faire une étonnante découverte.

Théodore était crispé et attendait une chose, c'était cette révélation de la part de la fée jaune.

— Madame Drugos est en réalité une femme autoritaire et diabolique, elle surtout homophobe et tyrannique, elle sera prête à détruire ta vie avec le prince Nicolas afin qu'elle puisse avoir le dernier mot, révèle la fée.

Théodore, abasourdi, ne s'attendait pas à cette réponse, qui lui fait froid dans le dos.

— Comment faire, pour arrêter cette femme diabolique ?

— La meilleure solution, c'est d'en parler au prince Nicolas avec les preuves suffisantes pour la coincer.

La fée se leva et regarda Théodore droit dans les yeux et lui expliqua également :

— Pour elle, vous ne méritez pas de gouverner le royaume, mais je suis sûr que vous allez réussir à donner le bonheur éternel au monde entier.

— Je suis sûr d'y parvenir et surtout de prouver la malhonnêteté de Madame Drugos, répondit Théodore.

Le jeune homme de 17 ans pensa surtout à son mariage, et regarda les animaux qui étaient présents à ses côtés.

Il remercia la fée jaune et alla aussi faire son possible pour tromper et coincer Madame Drugos, pour enfin vivre heureux avec le prince Nicolas.

— Je dois partir maintenant, mais je serai toujours présente à tes côtés, mon enfant, mais je te souhaite le bonheur possible, dit la fée jaune.

— Merci, ma fée, raconte Théodore.

Soudainement, une lumière jaune se dégagea de la fée, c'était son aura, elle allait partir.

Mais avant de partir, la fée lui dit :

— Tu es ravissant dans cette tenue de mariage.

— Merci beaucoup, ma fée, et bonne chance à vous, répondit Théodore.

La fée lui fit le signe de la main, avec un magnifique sourire de joie.

Ensuite, elle disparaît dans les aires sous les yeux de Théodore et des animaux.

Les oiseaux volent vers Théodore et certains se posent sur son épaule.

— Je pense pouvoir enfin être fier de moi et de Nicolas.

Les animaux approuvant Théodore et se mit à regarder le soleil dans l'horizon.

— Je dois aller dans les donjons maintenant, j'avais oublié, explique Théodore.

Il marcha tranquillement avec le sourire, et le soleil se couche.

Il marchait dans le calme dans les couloirs, en regardant attentivement les tableaux accrochés aux murs.

— Les tableaux sont magnifiques, se dit-il.

Il croisa alors un domestique et Théodore lui dit :

— Je reviens vite, je vais dans les donjons, j'en ai pour une minute.

— Bien, votre majesté, je vais prévenir le prince Nicolas.

— Très bien, je vous remercie de plein cœur.

Le domestique rejoint la grande salle, sous les yeux de Théodore.

Le jeune homme marcha et s'approcha de la porte qui mène dans les cachots du palais, et ouvra la porte.

Mais sans méfiance, il était suivi par Madame Drugos.

Sans faire attention qu'il était suivi, il monta ensuite les marches avec les animaux, quand il entend un étrange bruit.

— C'était quoi ce bruit ?

Tout d'un coup, il regarda un miroir et aperçut Madame Drugos, et elle l'enferma dans les donjons, avec l'inquiétude de Théodore :

— Laissez-moi sortir, vous n'avez pas le droit, laissez-moi sortir, pleure Théodore.

Madame Drugos met la clé dans sa poche et attendra que ses deux hommes de main finissent le travail.

Le jeune homme avec les animaux s'inquiéta de plus en plus.

Il sécha ses propres larmes, et dit :

— Je trouverai une solution pour sortir d'ici, dit-il.

Alors, il continua de monter les marches, avec une légère panique en lui, et arriva dans les cachots.

Il fit des petits pas dans les donjons, et s'attend à quelque chose d'épouvantable, qui pourrait perturber son avenir.

Il sentait un mauvais présage, c'était sombre dans ce coin du château, comme si elles étaient abandonnées, depuis des décennies, ou des siècles auparavant.

Une lumière attire son attention, c'était une torche, alors il la prit.

Soudainement, il entendit des bruits de pas de plusieurs personnes, il ne devait pas être seul.

Chapitre 8
Échec et mat

Dans les donjons, le jeune homme de 17 ans soupçonne un piège grossier.

Il s'approcha doucement d'une fenêtre et regarda le paysage.

— Mais, il y a rien c'est complètement vide ici ? se questionne-t-il.

Un énorme bruit se fait entendre, quand un moment donné, les deux acolytes de Madame Drugos arrivent précipitamment dans les donjons, car ils étaient cachés.

Ils étaient là pour s'en prendre à Théodore.

Notre jeune héros se retourna lança la torche sur l'un d'eux, et un combat à mains nues s'engagea.

Les animaux restent à l'écart du conflit et des oiseaux volent en sortent par la fenêtre pour avertir le prince Nicolas, du danger qu'à Théodore.

C'est dans cette rapidité qu'ils volent en battent fort leurs ailes.

Ils volèrent et arrivèrent dans la chambre du prince Nicolas et essayèrent par tous les moyens de l'attirer dans les donjons.

— Qu'est-ce qu'il se passe encore ? demande le jeune prince.

Avec leurs pattes, les oiseaux agrippent la cape bleu ciel du prince Nicolas, quand soudainement, un domestique arriva, et lui dit :

— Votre majesté, tout est prêt pour le mariage, mais je vous ai cherché dans la salle du trône et on m'a dit que vous étiez là.

— Attends, une seconde, les oiseaux me demandent quelque chose, mais je ne sais pas ce qu'ils veulent ? explique le prince Nicolas.

Le domestique lui expliqua rapidement que Théodore est parti dans les donjons :

— Théodore est dans les donjons, il me l'a demandé de vous le dire justement, les oiseaux doivent vous prévenir qu'il se passe quelque chose de grave, explique-t-il.

Nicolas s'inquiéta fortement pour son futur mari et décida d'aller aux donjons du château.

— Et je dis quoi aux invités ! cria le domestique.

— Dis-leur de patienter ! hurle le prince Nicolas.

Le domestique se dirigea vers la grande salle du trône, pour dire aux invités de patienter.

Nicolas courra de toutes ses forces avec les oiseaux qui volent avec lui jusque dans les donjons.

Il traversa les couloirs et arriva devant la porte de l'accès des cachots, mais la porte est verrouillée.

Au même moment, Théodore combattit les deux acolytes de la méchante gouvernante, qui s'attaquèrent à lui, il était très bon dans les sports de combat, il n'hésita pas à faire des cascades impressionnantes.

— Qu'est-ce que vous me voulez ? hurle Théodore.

— Ta peau ! répondit un acolyte.

Le combat continua entre eux, et Théodore fit très attention aux attaques des hommes.

Devant la porte des cachots, le prince Nicolas tapa de plusieurs coups la porte pour l'ouvrir, alors lui vient une idée.

— Attention !

Il donne un violent coup de pied sur la porte qu'elle s'ouvra avec force.

Après avoir réussi à ouvrir la porte, il marcha en vitesse, avec les oiseaux, et arriva.

Théodore avait mis un acolyte à terre et pas l'autre.

Le prince Nicolas tapa dans le dos du dernier homme et lui donna un violent coup de poing au visage et l'assomma.

— Tu devrais te méfier de certaines choses, explique le prince Nicolas.

— J'aurais pu m'en rendre compte, répondit Théodore.

— Tu as été piégé, mais qui a pu te faire un coup pareil, pour empêcher notre mariage ? se questionna le prince Nicolas.

Théodore, lui expliqua qu'il a reçu une lettre bleue, dans laquelle il devait aller dans les donjons rapidement, alors Nicolas demanda qui a bien pu le piéger grossièrement ?

— Madame Drugos, je l'ai vu dans le miroir avant qu'elle m'enferme, et elle serait homophobe, explique Théodore.

Nicolas ne le crut pas et prit la torche en flamme qui avait été jetée par Théodore et regarda qui étaient ces hommes.

— C'est les deux hommes de main de Madame Drugos, j'avais pas remarqué, je m'en occupe d'elle, laisse-les ici, les soldats vont s'occuper d'eux, et tu n'as plus rien à craindre mon amour, répondit le prince Nicolas.

Théodore heureux, prend le prince Nicolas dans ses bras, et ensemble ils quittent les donjons, et descendent.

Arrivés dans les couloirs, Théodore s'éloigna du prince Nicolas.

Il rejoint sa chambre afin de se rendre plus présentable.

Quant à Nicolas, il marcha vers la salle du trône avec les animaux et les oiseaux pour attendre son futur mari, dans le calme.

Quelques minutes plus tard, Théodore était prêt pour le mariage.

Quelqu'un toqua à la porte, c'était le père de Théodore dans une tenue impeccable, il lui dit alors :

— On y va.

— Allons s'y, répondit son fils unique.

Ils quittèrent la chambre et marchèrent dans les couloirs.

Plus loin dans la salle du trône, les invités étaient présents et assis sur des bancs.

Les parents du prince Nicolas étaient assis sur des chaises en or massif, et le prince Nicolas était positionné prêt du prêtre.

Madame Drugos était aussi présente, et elle était joyeuse, car elle sait que Théodore est dans les donjons.

Les cloches sonnent, et les portes s'ouvrent, et Théodore marcha avec son père vers le prince Nicolas, sous les yeux de Madame Drugos qu'il fit une tête, comme un choque immense.

Alors, elle se place au milieu de la salle en barrant le chemin, et elle cria en disant à Théodore sous les yeux de Nicolas.

— Petit diable sans valeur, tu ne gagneras pas la bataille espèce de monstre sans cervelle !

Sous les yeux du prince Nicolas, il comprend alors, que Madame Drugos, voulait le mal et la terreur, et comprend aussi, qu'elle est réellement homophobe et qu'elle souhaite sa chute et l'empêcher d'accéder au trône en succédant à son père, et se marier avec Théodore alors qui cria, sous les yeux de ses parents et des invités :

— Soldat ! Soldat ! hurle-t-il.

Plusieurs soldats arrivent d'urgence, quand Nicolas décrète :

— Arrêtez cette femme ! ordonne le prince.

Les soldats armés marchent doucement vers Madame Drugos et la méchante gouvernante se défend.

— Je veux que tu aies une vie meilleure, prince Nicolas ! se défend-elle.

— Nous obéissons aux ordres du prince, nous verrons bien, ce qu'ils diront, vos hommes de compagnies, et celle de Théodore et de Nicolas et des domestiques !

— C'est absurde, je ne veux aucun mal, je l'ai fait pour le bien de tous, ce ne serait pas convenable de leur demander !

— Vous allez attendre ici, pour voir les témoignages…

Alors la méchante gouvernante se mit à avoir peur, car elle sait qu'elle sera trahie.

Madame Drugos quitta la salle du trône très énervée et inquiète et elle est suivie par les soldats, qui la mettront au cachot, ou elle sera jugée et emprisonnée pour crime contre le royaume, et homophobie.

Sans s'inquiéter, Théodore entendit de nouveau le bruit des cloches qu'il sourit, il comprit alors que tous ses problèmes étaient finis, et continua de marcher vers son futur mari au côté de son père qui l'accompagne.

Arrivés, le père de Théodore le lâcha et rejoint sa femme assis sur un banc, les animaux étaient présents près des mariés, et tout le monde attendaient la suite de la cérémonie.

Chapitre 9
Le mariage princier

Devant le prêtre, ils gardent deux minutes de silence.

Ensuite, le prêtre commença la cérémonie.

Tout le monde était attentif aux paroles du prêtre.

Ils écoutent attentivement ce que disait le prêtre, dans son visage heureux, c'était la première fois qu'il célèbre un mariage de ce genre.

Plus à l'écart, les invités étaient concentrés et attendaient le meilleur moment du mariage.

La mère de Théodore se mit à pleurer et son mari lui demande :

— Qu'as-tu ma chérie ? demande-t-il.

— Je suis juste heureuse, de voir ça, répondu la femme.

— Je le suis autant que toi, explique son mari.

L'homme prit sa femme dans ses bras avec une joie de vivre heureux sur son fils unique.

— Tout se passe bien, ton fils est heureux et faut savoir l'accepter, dit-il.

La mère de Théodore sécha ses larmes avec un mouchoir en tissu blanc.

— Ça va aller maintenant, je me sens forte à présent, mais ça fera un énorme vide dans la maison, répondit la femme.

Le père de Théodore lâcha sa femme en lui expliquant qu'ils le verront toujours.

Il embrassa cette dernière en lui montrant un énorme sourire signe de leur joie immense pour les mariés.

Théodore les avait déjà aperçus et sans le dire, il écouta toujours le prêtre en regardant Nicolas, droit dans les yeux.

Plus loin, le roi et la reine, les parents du prince Nicolas, étaient assis en joie.

— Tout se déroule bien ? dit le roi.

— Ils ne sont pas encore mariés, patate ! répondit sa femme la reine.

Le roi baissa sa tête avec un air honteux, sans s'imaginer que son fils allait bientôt devenir le roi.

Alors le roi, le père du prince Nicolas, explique à sa femme :

— Mon arrière-grand-père avait fait cette loi auparavant.

— Que veux-tu dire ? demande la reine.

— Mon arrière-grand-père, qui était roi à l'époque, avait appliqué la loi sur le mariage homosexuel, et interdit l'homophobie, je pense qu'il avait raison, car j'ai toujours souhaité voir quelque chose comme ça, mon père me l'avait raconté étant petit garçon, répondit le père de Nicolas.

Soudain, un invité interrompit les monarques en disant discrètement :

— Majesté écoutez bien, car c'est bientôt la partie la plus intéressante, dit discrètement l'homme.

Les monarques restèrent dans le silence total et écoutèrent la suite de la cérémonie du mariage princier.

Pendant que la cérémonie continue, les animaux positionnés autour des mariés étaient aussi heureux. À un moment, le prêtre passa à l'étape la plus importante.

Ce sont les vœux de mariage et l'échange des alliances.

Théodore prit un papier, l'ouvrit et lut en déclarant :

— Nicolas, ce jour est le plus important dans notre vie, je serais fidèle à tes côtés, te protégerais, t'aimerais et te soutiendrais jusqu'à ce que la mort nous sépare. Personne ne viendra détruire notre bonheur, dit-il.

Nicolas fondit en sanglot, d'une grande force, et il dit :

— Moi aussi, je ferai pareil pour toi, tu es l'homme de ma vie et tu es le plus important au fond de mon cœur.

Le jeune homme de 17 ans ferma le papier et le rangea dans sa poche droite et le prêtre dit :

— Il est temps de procéder à l'échange des alliances, dit-il, avec un air joyeux.

Théodore et Nicolas regardèrent le prêtre en souriant, car ils attendaient ce moment.

Ensuite, Nicolas sortit de sa poche une boîte en argent, et dans cette magnifique boîte, se trouvait une alliance en or.

Le prêtre fit le serment du mariage, et le prince Nicolas prit l'alliance et répéta le serment en la plaçant sur l'annulaire gauche de Théodore :

Théodore aussi prit une alliance et fit la même chose que le prince Nicolas, ainsi, le prêtre déclara à haute voix :

— Je vous déclare maintenant, mari et mari !

Les invités applaudirent et la mère de Théodore fondit de plus en plus en sanglot, de joie, en disant à son mari :

— J'aime que les histoires finissent bien.

— Moi aussi, ma chérie, répondit le père de Théodore.

Les parents de Théodore se levèrent comme tous les invités avec des applaudissements.

Le roi et la reine aussi étaient souriants et ils étaient heureux d'avoir un beau-fils, depuis des années qu'ils l'attendaient.

Les invités se rassemblèrent alors dans la cour du palais où le carrosse royal attendait les mariés.

Théodore et le prince Nicolas marchèrent au milieu de la salle du trône suivi par les animaux, le roi et la reine, ainsi que les parents de Théodore.

Les cloches retentirent, Théodore et Nicolas descendirent les marches avec les parents de Théodore et du prince Nicolas qui jetaient des grains de riz sur les mariés.

Arrivés devant le carrosse royal qui était blanc et bleu cristallisé, Théodore et Nicolas saluèrent les invités et ils regardèrent leurs beaux-parents, s'en approchèrent à petits pas, et les embrassèrent :

— Merci, pour tout, dit Théodore.

— Mais, le plus beau cadeau que tu nous offres, c'est ce mariage que nous avons attendu depuis tout ce temps, dit la reine.

Une fois ensemble, la mère de Théodore expliqua :

— Tu seras heureux, mon fils, et je te souhaite tout le bonheur possible.

— Merci, maman.

Théodore embrassa sa mère quand son père intervient et dit :

— Faut que tu partes maintenant, il faut que vous profitiez de cette journée.

Théodore et Nicolas approuvèrent les paroles du père du jeune homme de 17 ans.

Alors, le couple princier s'approcha du carrosse royal, il monta avec un merveilleux sourire qui se voyait au fond de leurs yeux.

Le cocher commença à conduire le carrosse royal. Ainsi, le couple princier quitta le château sous la joie et les applaudissements des invités et de la population du royaume.

Le carrosse roulait à une allure faible et accéléra un peu plus vite.

Les animaux suivaient le couple princier dans le carrosse.

Théodore et le prince Nicolas saluèrent la foule depuis le carrosse avec une énorme joie qui leur comble de bonheur et le couple princier s'embrassa et ils vécurent heureux pour toujours et adoptent beaucoup d'enfants.

Inspiration

La mythologie, l’histoire, les auteurs et la vie quotidienne m’ont beaucoup inspiré pour l’écriture.

Remerciements

Je remercie très chaleureusement, mon entourage, pour m'avoir aidé, soutenu à créer, corriger et réaliser ce livre…

Et bien entendu beaucoup d'auteurs comme Johanna Spyri et 20th Century, Fraülein Rottenmeiere dans *Heid,* et Charles Perrault et les Studios de Walt Disney, *Cendrillon*, qui m'ont beaucoup inspiré.

Imprimé en Allemagne
Achevé d'imprimer en mars 2021
Dépôt légal : mars 2021

Pour

Le Lys Bleu Éditions
83, Avenue d'Italie
75013 Paris

www.ingramcontent.com/pod-product-compliance
Lightning Source LLC
LaVergne TN
LVHW050338160826
845677LV00014B/3678

9791037727060